HIGH LIFE ABOVE STAIRS:

LE BON TON,

OU

LES MŒURS DU TEMPS:

COMÉDIE

EN DEUX ACTES;

Par DAVID GARRICK,

ECUYER.

REPRÉSENTÉE *pour la première fois sur le Théatre Royal de* DRURY-LANE, *l'année 1768.*

M. DCC. LXXXIV.

ACTEURS.

MILORD MINIKIN.

MILADY MINIKIN.

SIR JOHN TROTLEY, *Gentilhomme campagnard, oncle de Miss Tittup, & parent de Lady Minikin.*

MISS LUCRETIA TITTUP.

COLONEL TIVY.

JASMIN, } *Valets-de-chambre de Lord*
MIGNON, } *Minikin.*

GYMP, *Suivante de Lady Minikin.*

DAVY, *Valet de Sir John Trotley.*

La Scène se passe à Londres, dans la Maison de LORD MINIKIN.

LE BON TON, OU LES MŒURS DU TEMPS.

ACTE PREMIER.

SCENE PREMIERE.

MILADY MINIKIN, MISS TITTUP.

LADY MINIKIN.

N'ATTRIBUEZ pas mes plaintes à ma tendresse pour Milord, je ne l'aimois pas avant notre hymen, & vous savez, ma chere, que rarement le mariage inspire des sentimens plus tendres; mais mon amour-propre s'offense de me voir négligée, tandis qu'il en est aux petits soins avec toutes les femmes.

MISS TITTUP.

Ha, ha, ha! est-il possible que vous vous affectiez de pareilles misères? Mais dites-moi ma chere cousine, auriez-vous par hasard découvert quelque nouvelle intrigue de votre mari?

LADY MINIKIN.

Je l'ai rencontré ce matin en fiacre avec une grisette; elle étoit trop bien enveloppée dans sa calèche, pour avoir pu la reconnoître; j'ai tant d'horreur de ces vilaines calèches, qu'absolument je veux que vous brûliez les vôtres.

MISS TITTUP, *à part.*

Me soupçonne-t-elle? (*haut.*) Etiez-vous seule quand vous avez rencontré Milord?

LADY MINIKIN.

Non; j'étois avec le Colonel Tivy dans mon vis-à-vis.

MISS TITTUP.

Vous étiez trop bien accompagnée, pour avoir le droit de vous plaindre.

LADY MINIKIN.

J'étois avec l'ami de Milord, l'amant & le futur époux de mon amie. (*elle lui prend la main.*) Ah, ma chere! pourriez-vous me croire capable......

MISS TITTUP.

L'amour & l'amitié sont des noms fort usités dans la société, chacun se vante de les connoître, mais.... (*en la regardant malicieusement*,) s'ils frappoient à votre porte, seroient-ils reçus?

LADY MINIKIN.

Vous êtes fort obligeante, Mademoiselle.

MISS TITTUP.

Graces à mon éducation, je suis très-indifférente sur ce qui vous afflige : l'usage force les filles de qualité à se marier, & je me soumettrai comme les autres à ce joug importun; mais si jamais j'avois la foiblesse d'aimer mon mari, j'aurois très-mauvaise opinion de mon jugement.

LADY MINIKIN.

Sans prétendre faire mon éloge, j'ose me flatter qu'aucune femme de qualité ne méprise plus souverainement son mari, que moi; le très-honorable Comte de Minikin, Vicomte de Perriwinkle, & Baron de Titmouse, n'est à mes yeux qu'un sot.

MISS TITTUP.

Il est bien singulier que le nom d'époux inspire autant d'indifférence : vous conviendrez que Milord a du mérite.

LADY MINIKIN.

Du mérite? Vous n'y songez pas. Faites-moi part de celui que vous lui connoissez, cela me divertira.

MISS TITTUP.

D'abord il a l'air d'un homme de qualité.

LADY MINIKIN.

Cela dit tout, n'est-ce pas? Pauvre imbécile! Mais je vous interromps.

MISS TITTUP.

Il est fort bien de figure.

LADY MINIKIN.

Pas mal, mais il a une mauvaise santé.

MISS TITTUP.

Il a de l'esprit.

LADY MINIKIN.

Il a celui d'un Lord, & c'est tout dire.

MISS TITTUP.

Il a un excellent caractère...

LADY MINIKIN.

Il n'y a rien d'étonnant, c'est un imbécile.

MISS TITTUP.

Vous conviendrez que sa fortune....

LADY MINIKIN.

Est considérable; mais il joue. S'il n'a pour guide

que la probité, il est ruiné; s'il l'oublie, il mérite d'être lapidé, & adieu pour lors à toute l'importance de Lord Minikin. Mais il est temps d'admettre votre très-prudent oncle Sir John Trotley Baronnet, mon digne cousin. Savez-vous où il est?

MISS TITTUP.

Je pense qu'il est dans son appartement, occupé à lire les Gazettes, & tous les pamphlets contre les mœurs du temps. Malgré mes grandes espérances sur sa fortune, s'il reste encore une semaine à Londres, je me brouille avec lui.

LADY MINIKIN.

Quoique sa favorite, je prévois que j'aurai le même sort; il m'est impossible de me contraindre plus long-temps: c'est une gêne insupportable. N'est-il pas plaisant qu'après avoir critiqué toutes vos actions, il finisse toujours sa morale, par un « *je vous* » *prie* de m'excuser, cousine ».

MISS TITTUP *rit.*

Le singulier personnage! Devinez ce que cet *ostrogoth* me dit hier? Il arrive dans mon appartement d'un air grave, un nœud de sa perruque badinoit sur son épaule gauche, sa cravate garnie aux bouts d'une petite dentelle passoit proprement dans un anneau, & alloit se perdre dans la boutonniere de son habit. Il ressembloit absolument à mon petit chien *barbet.* Ma cousine Tittup, s'écria-t-il en en s'élevant comme un cocq sur ses argots, « je » proteste contre votre conduite, tant en public » qu'en particulier ». — Qu'y trouvez-vous à blâmer, Sir John, lui repliquai-je avec humeur. — « Plusieurs choses que je n'ai pas le temps de » vous expliquer, me dit-il; si vous continuez à » vivre dans le tourbillon de Londres, votre tête » n'y tiendra pas, vous tomberez, vous perdrez le » nom de Lucrece, & ne conserverez toute la vie » que celui de Tittup ». — Je vous prie de m'excuser, cousine? & puis il se retira.

LADY MINIKIN.

Quel sauvage!

SCENE II.

Les précédentes, GYMP.

GYMP.

UNE carte de la part de Mistriss Pewitt.

LADY MINIKIN.

Donnes. — Pauvre Pewitt! pourvu qu'on la voye en public avec une femme de qualité, elle est la plus heureuse plebeïenne de l'Angleterre; *elle lit :* » Mistriss Pewitt présente ses respects à Lady Mi- » nikin & à Miss Tittup. Elle se flatte que ces Dames » lui permettront de les accompagner ce soir au » bal de Lady Filligree. — Lady Daisey recevra » des masques (1) ». Ho! sans doute: nous aurons l'honneur de l'accompagner. — Gymp! mettez quelques cartes de visites sur ma toilette. — Allez, j'enverrai tantôt la réponse. Dites à un de mes gens d'aller me faire écrire chez quelques femmes de mes amies, & qu'un autre m'apporte la liste des visites qu'il a faites hier. Qu'on n'oublie pas de passer chez Lady Pettitoes: si malheureusement elle est chez elle, qu'on lui dise que j'envoye savoir des nouvelles de son entorse.

---

(1) Il est d'usage de recevoir des masques les jours des bals

MISS TITTUP.

Ecoutes ! écoutes ! n'oublie pas de dire que j'envoye mes plus tendres complimens à cette entorse.

(Gymp sort.)

LADY MINIKIN.

Son énorme embonpoint l'empêchera de se rétablir ; je ne me hasarderai pas de passer de si-tôt à sa porte, on court trop de risque de la trouver. Mais j'ai des vapeurs aujourd'hui ; faites avertir votre Colonel que je l'attends, pour faire ma partie aux échecs. Ce Colonel m'intéresse davantage, depuis que je sais que vous le distingué. (*Elle l'embrasse.*) J'aime tout ce qui plaît à ma chere amie.

MISS TITTUP, *ironiquement.*

J'en suis convaincue.

LADY MINIKIN, *à part.*

Ce sourire malin me déplaît. (*haut.*) Adieu mon cœur ; je vais écrire mes cartes de visites, & faire ma toillette pour le bal : si ces occupations ne dissipent pas mes vapeurs, vous m'aiderez à faire un peu enrager Milord.

(Elle sort.)

MISS TITTUP.

Ce sera vous que je ferai enrager. Milord sera instruit de cette belle conversation. Vous êtes un pauvre être, ma chere amie ! Son amour-propre me réjouit; le Colonel lui plaît, & ma fortune convient au Colonel. Je ne suis pas indifférente à Milord; ses propos galants m'amusent; une Demoiselle Angloise les écoute sans blesser la vertu, elle imite le papillon, mais ne se hasarde pas trop près de la bougie, de peur d'y brûler ses aîles. Quel changement dans cette maison depuis quinze mois! Lorsque nous sommes sortis de l'Angleterre, nous étions l'image d'une maussade famille Britannique. Milord aimoit Milady, ou du moins ils se conduisoient comme des époux unis: six mois de séjour en France, & un hiver en Italie, ont tout-à-fait raffinés nos goûts, & ont préparé nos cœurs & nos têtes à goûter les plaisirs délicats de la mode & du bon ton. ... Mais voici le Colonel Tivy.

SCENE III.

MISS TITTUP, LE COLONEL TIVY.

LE COLONEL.

PUIS-JE me flatter d'avoir part aux rêveries de l'aimable Miss Tittup?

MISS TITTUP, *en riant.*

Quand on a le bonheur de vous connoître, il n'en faut pas douter.

LE COLONEL.

Ah! Madame, cette assurance comble tous mes vœux, dès qu'on a l'avantage d'occuper la plus belle femme de l'Europe....

MISS TITTUP.

De la flatterie! je vous reconnois bien-là.

LE COLONEL.

Je vous jure sur mon honneur....

MISS TITTUP.

Vottre honneur n'a de valeur qu'au jeu & au champ de mars.

LE COLONEL.

Vous me maltraitez sans cesse. Faut-il vous répéter que du moment où je vous ai offert mes hommages, j'ai abjuré tous mes défauts

MISS TITTUP.

Je n'ignore pas que dès que vous serez mon époux, vous vous racommoderez bien vîte avec eux; d'ailleurs il ne faut pas violer les loix sacrées du mariage, telles qu'on les a établies aujourd'hui.

LE COLONEL.

Accordez-moi l'aveu d'où dépend mon bonheur, & votre conduite future sera....

MISS TITTUP.

Conforme à ma volonté.

LE COLONEL.

Que dois-je faire pour vous toucher?

MISS TITTUT.

Etudier avec soin tous mes caprices.

LE COLONEL.

Aurez-vous la cruauté de me faire languir....

MISS TITTUP.

Je n'en sais rien. Cherchez à plaire.

LE COLONEL.

Comment y parviendrai-je?

MISS TITTUP.

Belle question pour un militaire! Lorsque vous aurez un ennemi rusé à combattre, ne vous amusez pas à des propos, marchez à lui tambour battant, couchez-le en joue, faites feu, & retirez-vous comme moi, avec la victoire.

(*Elle fait quelques pas.*)

LE COLONEL.

Arrêtez, cruelle....

MISS TITTUP.

Non, non, non; je n'ai pas le temps de périr d'ennui. Lady Minikin a des vapeurs, elle vous attend pour sa partie d'echecs; Milord a le spleen, pour le dissiper, il lui faut un picquet avec moi, mais ce qui est bien pis; mon oncle a de l'humeur, il exige que je vous congédie, & que je retourne avec lui à la campagne.

LE COLONEL.

Mais écoutez un mot.

MISS TITTUP, *elle fait quelques pas vers lui.*

Si vous désobéissez aux ordres du Général, l'on vous punit; brouillé avec Lady Minikin, que ferez-vous? — Point de réplique, M. le Colonel. — Marchez: sachez que je veux de la soumission avant mon hymen, & qu'après mon mariage j'aurai soin de me conserver les mêmes droits, ne fût-ce que pour justifier mon éducation.

(*Elle sort.*)

LE COLONEL.

Quelle étourdie! Si j'avois le malheur de l'aimer, ses propos me désoleroient; mais je ne recherche dans cette alliance que sa fortune. Tâchons de ne pas perdre une occasion si favorable à la mienne. Voilà Sir John; évitons sa présence, & allons voir ce que me veut Lady Minikin.

SCENE IV.

SIR JOHN TROTLEY, DAVY.

SIR JOHN.

TAIS-TOI Davy : tu parles comme un imbécile.

DAVY.

Vous avez beau dire, Sir John, Londres est une belle ville, j'y passerois volontiers ma vie.

SIR JOHN.

N'es-tu pas honteux ? passer sa vie dans un tel gouffre ! le repaire des voleurs, des filoux, le centre de tous les vices & de tous les crimes. Quelle révolution s'est faite depuis ma jeunesse ! Plus j'y regarde, plus je vois des sujets de douleur. Quel changement depuis vingt ans ! A peine reconnoit-on Londres & les habitans. Toutes ces belles & grandes enseignes, dont la noble apparence fixoit les regards des passans, sont abbatues : on ne voit plus une perruque à marteaux, ni à l'abbé, sur la tête des lords ou des citoyens. Tous les hommes, depuis le militaire jusqu'au porte-faix, ont les cheveux liés en cadogan, ou ensevelis dans des bourses. Le maçon, la brique à la main, le boulanger, succombant sous le poids d'un panier rempli de pain ; le facteur, des

Gazettes (1) éveillant par ses cris tout un quartier, pour mieux débiter ses mensonges; le médecin, prescrivant des remèdes: tous ont la rage d'avoir leur cheveux liés: & c'est de-là qu'on lie tant de cols chaque mois à Tyburn (2).

DAVY.

J'aurois demain mes cheveux comme les autres; M. Wisp m'a promis de me rendre ce service; vous & moi, Sir John, nous avons l'air des *Philistins* parmi tous ces gens-là.

SIR JOHN.

Si tu parois en ma présence avec un cadogan, je te casserai la tête. — Je déteste les nouveautés. — Jusqu'aux rues se ressentent de cet affreux changement; elles sont aujourd'hui aussi polies que nos grandes routes; quand on va en fiacre, on n'a plus le moindre exercice, plus de secousses violentes; on s'y endort; le cocher, par précaution, attache un cordon à sa boutonniere, pour éveiller celui qu'il conduit, & l'avertir qu'il est enfin arrivé à l'endroit indiqué. Quel luxe! Quelle mollesse! Quelle abomination!

(1) Des Colporteurs débitent les Gazettes dans les rues de Londres.

(2) Endroit où se font les exécutions.

DAVY.

DAVY.

Ma foi, Sir John, j'aime assez tout ça, moi.

SIR JOHN.

Tu dois haïr, détester Londres.

DAVY.

Je ne saurois trop comment m'y prendre, car tout m'y plaît, & satisfait mon cœur.

SIR JOHN.

Tout n'y est que fraude & illusion.

DAVY.

Excepté du moins les carrosses, les charrettes, & cette foule continuelle de gens qu'on voit dans les rues, qui vous poussent, vous regardent, vous marchent sur les pieds. Ah, Monsieur! est-ce encore une illusion que cette quantité de belles choses qu'on voit par-tout? ces grandes & superbes boutiques où l'on trouve tout ce que l'œil désire; ces belles illuminations toutes à la file à chaque côté des rues; & puis, Sir John, ces charmantes Demoiselles si polies, si gracieuses, qui vous accostent avec une civilité sans pareille. On parle tant des filles du village, elles ne valent pas celles de Londres; celles-ci sont dix fois plus fraîches que nos paysannes; elles sont couleur de cerise & blanches.

SIR JOHN.

Tu ne vois pas, imbécile, que ce sont des malheureuses qui te caressent pour te perdre, des *Jezabelles* qui se fardent pour mieux tromper. Ceux qui les écoutent seront mangés, comme l'ancienne *Jezabelle*, par les chiens. Si tu oses seulement les regarder en face, tu seras souillé, & si tu leur parle, tu es mort.

DAVY.

Miséricorde! miséricorde! Comment Monsieur sait-il tout ça? — Etoient-elles aussi dangereuses dans votre jeunesse?

SIR JOHN.

Pas de moitié, Davy. — Dans ma jeunesse, la plus méprisable de son sexe conservoit une certaine modestie qu'on nommoit décence; mais aujourd'hui ces créatures, semblables à des tigresses, se mettent en ambuscade, pour dévorer plus sûrement leur proye: elles s'élancent sur elle, l'entraînent dans leur infames cavernes.... Regardez, Davy, comme elles ont arrangé ma cravate.

DAVY.

Si vous les aviez traitées poliment, Sir John, elles vous auroient menagé davantage.

SIR JOHN.

Fort bien, fort bien; nous partirons le plutôt possible.

DAVY.

Partir? non pas avant un mois j'espere; je ne suis pas à moitié rassasié de Londres.

SIR JOHN, *phlegmatiquement.*

Je te rassasirai, Davy; si tu oublie ta morale, tu ne sortiras pas ce soir, & demain tu resteras dans ma chambre, jusqu'à ce que j'aie visité tous mes effets. Fais bien attention qu'on ne te trompe pas.

DAVY, *d'un ton boudeur.*

Monsieur ne gardera donc pas sa promesse?

SIR JOHN.

Quelle promesse?

DAVY.

De me régaler aujourd'hui d'un spectacle à douze sols, & demain d'un autre à un shelling.

SIR JOHN.

Tu as raison, vas-y; est-ce une pièce morale, Davy?

DAVY.

Sans doute, Monsieur, l'auteur est du clergé. On appelle la pièce, les *Cannanites*, ou la *tragédie* de *Braggadocio* (1).

(1) *Braggadocio*, comédie composée en 1691, par une personne de qualité. Cette pièce est une satyre contre les Presbyteriens ou Puritains, qu'on appelloit par dérision, *les Cannanites.*

SIR JOHN.

Tant mieux. Sois sage, & je tiendrai ma parole. Tiens, voilà de l'argent, mais reviens d'abord après le spectacle; je me coucherai de bonne heure.

DAVY.

Ho! je ne manquerai pas, Sir John. (*à part.*) Puisque nous partons, je m'en donnerai jusqu'au matin. (*Il sort.*)

SIR JOHN.

S'il reste à Londres, il finira par devenir faquin. A quels périls expose le séjour de la capitale! Je soupire après le moment de me voir dans ma terre; il n'y a que l'intérêt de ma patrie qui puisse m'en arracher désormais. Ma cousine Lucrece est absorbée dans les plaisirs, & je crains bien de ne pouvoir la sauver. Pour le repos de ma conscience, je tâcherai de l'enlever à ce tourbillon dangereux. Les jeunes femmes de ce siècle ne se nourrissent que de projets insensés; regards indécens, propos légers, morale facile; elles veillent jusqu'au matin, & passent la journée au lit; elles ne parlent que pour médire, ou machiner quelqu'intrigue, & ne sont muettes qu'au jeu. Afin qu'on ne se trompe pas sur leur caractère, elles ont adopté les plumes. *O tempora! ô mores!* Allons méditer sur toutes ces folies. J'apperçois Lord Minikin, sortons bien vîte.

SCENE V.

LORD MINIKIN, *en peignoir, suivi de* MIGMON *&* *de* JASMIN.

LORD MINIKIN.

JE t'en prie, Mignon, laiffe-moi respirer. Crois-tu que la tête d'un Lord n'est occupée que de sa toillette? Donne-moi mon habit.

MIGNON.

On s'apperçoit, à l'humeur de Milord, qu'il a perdu son argent. Il n'y a pas moyen de le coëffer; une autre fois il aura la bonté de s'adresser à qui bon lui semblera. *(il sort.)*

LORD MINIKIN.

On pardonne à ce drôle son insolence, en faveur de ses grands talens. S'il a des défauts, il coëffe bien; nos folies enrichissent rapidement ces faquins qui oublient bientôt l'indigence d'où l'orgueil les a tirés. Mais il faut se soumettre à l'usage. — Il faut aussi que je prenne le parti de changer de marchand de vin, son champagne m'incommode pendant toute la semaine .... Hélas!

SCENE VI.

MILORD, MISS TITTUP, JASMIN.

MISS TITTUP.

POURQUOI soupirez-vous, Milord?

MILORD.

Du plaisir que j'ai de voir ma belle cousine.

MISS TITTUP.

Vous devez ma visite à Lady Minikin, je la croyois avec vous. — Mais qu'est-ce qui vous occupe? Ces regards inquiets annoncent que la fortune vous a joué un mauvais tour la nuit dernière.

MILORD.

Point du tout; notre vin de champagne me donne les mêmes vapeurs que notre vilain mois de Novembre, mais un seul regard de la charmante Miss Lucrece les dissipe, comme..... comme.....

MISS TITTUP.

Comme quelque chose de fort beau sans doute; faites-moi le plaisir de garder votre comparaison pour une meilleure occasion, & suivez le conseil que je vous donne, d'être à l'avenir un peu plus réservé. (*à demi-bas.*) Jasmin me croira folle, & n'aura pas meilleure opinion de son maître.

JASMIN.

Madame n'a pas besoin de se contraindre pour moi.

MILORD.

Vas préparer mon domino.

JASMIN, *à part en sortant.*

Ces précautions sont inutiles.

MISS TITTUP.

Savez-vous, Milord, que notre partie de fiacre excite la jalousie de Lady Minikin; elle se plaint que vous la négligez; si jamais elle apprend que vous étiez hier avec moi chez ma marchande de modes, elle ne me ménagera pas: il paroît même qu'elle a dessein de se venger de vous.

MILORD.

Pourvu que ce ne soit pas par le projet de m'aimer.....

MISS TITTUP.

Vous n'avez rien à craindre, sa haine vous en garantit....

MILORD.

Tant mieux, cela me rassure.

MISS TITTUP.

Sa vanité ne redoute que vos préférences pour d'autres femmes.

MILORD.

Depuis que j'ai l'honneur de lui appartenir, elle a eu le temps de s'y habituer.

MISS TITTUP

Si cependant elle s'apperçoit que je l'emporte, elle en parlera dans le monde, & alors.....

MILORD.

On en plaisantera.

MISS TITTUP.

Je ne serois pas fâchée de l'humilier, & quoique je l'aime sincèrement, je n'en suis pas moins disposée à la tourmenter : cependant si mon oncle savoit cette heureuse disposition, il me deshériteroit, ou m'obligeroit de quitter ma cousine. Il tient encore aux usages du bon vieux temps.

MILORD

Sa singularité m'ennuie ; je voudrois trouver le moyen de le renvoyer honnêtement dans son château. — Il ne faut cependant rien brusquer, sa grande fortune mérite des ménagemens.

MISS TITTUP.

La tempérance & sa haine contre les Médecins, lui assurent une longue vie.

MILORD.

Quels sont vos projets ?

MISS TITTUP.

De rester à Londres au risque de tout perdre. Je pense, en tremblant, à ses in-folios de morale dont il me regaloit chaque jour à la campagne; & à l'ennui de l'accompagner à l'église, où je le suivois les deux coudes collés sur les hanches, les yeux baissés, & les pieds en dedans, comme cela. (*Elle contrefait la cagnieuse.*)

MILORD.

Vous n'aviez pas encore alors appris à danser.

MISS TITTUP.

Mon oncle regardoit les maîtres de danse comme autant de séducteurs. Mais je ne sais pas pourquoi je n'ai pas autant d'assurance avec lui qu'avec vous? A peine lui oserai-je parler de mon projet.

MILORD.

Il faut lui rompre en visiere.

SIR JOHN *frappe à la porte, & dit à plusieurs reprises :*

Milord! Milord!

MISS TITTUP.

Ah, ciel! j'entends sa voix; que ferai-je?

SIR JOHN, *dans les coulisses.*

Puis-je entrer?

MILORD.

Un moment, Sir John, je vais auparavant serrer mes papiers.

MISS TITTUP, *très-alarmée.*

Il n'y a pas moyen de me dérober à ses yeux; où me cacherai-je?

MILORD, *bas.*

Par-tout où vous voudrez. (*haut.*) J'arrive! j'arrive! Sir John.

MISS TITTUP, *bas.*

Cachez-moi dans la cheminée.

MILORD, *bas.*

Non, non; ici, ici, derriere cette bergere; vous pourrez nous voir, je serai laconique & enjoué, afin de rendre votre prison moins ennuieuse. (*Elle se place derriere la bergere. Pendant la scéne suivante, Milord dérange la bergere, à chaque mouvement que fait Sir John. Il ouvre la porte.*)

SCENE VII.

MILORD, SIR JOHN.

SIR JOHN *regarde autour de la chambre.*

EXCUSEZ mon impatience, Milord; je vous ai entendu parler, & j'ai pensé qu'on pouvoit vous interrompre sans indiscrétion. Vous éleviez furieusement la voix.

MILORD.

Je répétois un discours pour le Parlement. Je suis dans l'usage d'étudier mes sujets, avant de les exposer en public. La prononciation, le geste, le son de la voix, sont nécesaires à l'éloquence.

SIR JOHN.

Vous prenez le bon parti, Milord, ce n'est qu'en s'enfermant chez soi, qu'on peut se flatter de réussir. — Si je vous interromps, « je vous prie de m'ex- » cuser cousin ».

MILORD.

Au contraire, vous me faites un sensible plaisir ; trop d'application nuit à la santé : mais que ne fait-on pas pour sa patrie !

SIR JOHN.

Je vous approuve, & j'espere que le bien public s'en ressentira. — Vous m'excusez ?

MILORD.

Je fais plus ; — je vous admire ; chaque fois que vous m'approuvez, vous me transportez de joie. Vous y mettriez le comble, en partageant chaque jour notre dîné de famille. Vous me refusez toujours cette satisfaction.

SIR JOHN.

Je vous avoue, Milord, que j'aime de connoître ce que je mange ; mon principe est de ne jamais voyager dans un pays dont j'ignore les routes. Depuis qu'on a introduit en Angleterre les modes & les cuisiniers étrangers, tout y est changé de face : les hommes & les mets y sont également masqués. — La simplicité, Milord, voilà ma devise.

MISS TITTUP *pousse la tête de derriere la bergere.*

Je voudrois bien m'enfuir, ou le savoir dans son château.

SIR JOHN.

Milord, occupons-nous du sujet de ma visite ; puis-je vous parler sans détours sur le compte de Lucrece ?

MISS TITTUP *poussant la tête.*

Voici mon éloge.

MILORD.

En doutez-vous ? Votre nièce est charmante, & digne de toute votre tendresse.

(Milord & Miss se font des mines.)

SIR JOHN.

Elle doit la mériter avant de l'obtenir; il faut qu'avant tout, elle allonge ses jupons, porte des fichus & des bonnets.

MISS TITTUP, *à part.*

Il se méle aussi de ma parrure !

MILORD.

Une belle jambe, des épaules bien faites, & des beaux cheveux, n'ont pas besoin d'être cachés.

SIR JOHN.

Si les femmes nous refusent les plaisirs de l'imagination, il n'y aura plus de mariages, & dès-lors toutes ces beautés n'auront aucun prix.

MILORD.

Vous avez bien raison, Sir John. Ha, ha, ha, ha, ha; votre nièce, pour vous plaire, portera des bottes, & une redingotte de cocher. Ha, ha, ha, ha.

SIR JOHN.

Tous vos ris ne m'empêcheront pas de vous dire, Milord, que ma nièce est dans le chemin de la corruption. Quel besoin, Miss avoit-elle de quitter la campagne, de voyager, de vivre dans le grand monde, & d'en apprendre tous les usages. Je l'ai connu, ce grand monde, & je souhaite qu'il n'ait pas fait plus d'effet sur ses mœurs, que sur les miennes.

MILORD, *il rit & fait des mines à Miss.*

Ne vous fâchez pas, Sir John. — Doutez-vous que nous ne fassions, Lady Minikin & moi, tous nos efforts, pour la maintenir dans la bonne voie?

SIR JOHN.

Parbleu, Milord, vous avez tous les deux besoin de conseil; tout Londres est instruit de votre désunion. Voilà cependant le fruit de vos voyages: il faut que je vous avertisse. — Vous m'excuserez, j'espere? — Que la réputation de ma nièce s'en ressent. Ah, Milord! la prudence est une belle vertu.

MILORD.

Aussi belle qu'une cravatte passée dans un anneau; quoique je l'admire, je n'en adopte pas la mode. — *Vous m'excusez, j'espere?*

SIR JOHN, *fort en colere.*

Puisse le premier qui préféra les petits cols que vous portez, avoir la cravatte que je lui souhaite.

MILORD, *ironiquement.*

Ne vous emportez pas, mon cher Baronnet, de grace; rapprochez-vous de l'usage reçu. La prudence est une vertu trop vulgaire, elle ne s'accorde pas avec nos raffinemens d'aisance & de goût: un homme de nom qui la pratique, est aussi rare dans la société, qu'une femme de qualité sans rouge. Depuis que nous avons adopté les mœurs de nos voisins, nous nous sommes débarrassés de cette *mauvaise honte* qui nuit au mérite.

SIR JOHN.

Quel langage! Je ne m'étonne plus, Milord, de votre légereté : un époux à la mode doit penser comme vous. Mais souvenez-vous que votre femme, ma très-digne cousine, est jeune & belle, qu'elle vous a apporté une grosse dot, & qu'elle mérite plus d'égards.

MILORD.

Si vous croyez qu'elle soit mal chez moi, je vous permets de l'emmener chez vous.

SIR JOHM.

Quelle horreur! dans quel dessein l'avez-vous épousée?

MILORD.

Par convenance. — Voilà le but des mariages d'aujourd'hui; ceux qui se lient sur d'autres principes, ou sur les maximes antiques, sont aussi ridicules que ceux qui, par un avertissement dans les Gazettes, se flattent de trouver un agréable compagnon de voyage.

SIR JOHN.

Je ne dis plus rien, Milord : ma nièce retournera avec moi à la campagne, on n'aura pas un sol de la fortune de *Sir John Trotley Baronet*. (*Il se promene en sifflant.*)

MISS TITTUP.

Je me meurs de frayeurs. (*Milord s'assied & chante*).

SIR JOHN.

Dites-moi, je vous prie, Milord, quelle sorte d'homme est l'époux que vous destinez à ma nièce?

MILORD.

C'est un homme d'esprit & de mérite, un de mes meilleurs amis.

SIR JOHN.

Avec toutes ces qualités, il peut être un fort mauvais mari.

MILORD.

Il est Colonel, frere cadet de *Sir Tan Tivy*; celui-ci, grand chasseur, se cassera le col au premier jour, & pour lors mon ami sera fort heureux.

SIR JOHN.

Quelle morale! quel monde!

MILORD.

Mais considerez que six mille livres sterling de rente, consolent de la perte d'un frere.

SIR JOHN.

Je ne considere rien, & me soucie très-peu de celui à qui ma nièce donnera sa main; elle est femme à à la mode; qu'elle épouse un homme qui lui ressemble. Pour ne pas la gêner dans son choix, je pars demain, & vous laisse le champ libre. Rien ne m'engage à rester dans une ville où je ne puis ni vivre, ni manger à ma fantaisie. Vos divertissemens ne me touchent pas; je hais les dés & les cartes, & quoique je n'aie pas eu de frere qui se soit cassé le col, je suis content de ma fortune. — Vous m'excusez j'espere.

(*Il sort.*)

MILORD.

Ha, ha, ha, ha; sortez, belle captive. Ha, ha, ha, ha.

MISS TITTUP.

C'en est fait; je n'aurai pas un arpent de la terre de Trotley; mais je ne m'en soucie guères, & vais me conduire avec lui, comme avec un pauvre parent.

MILORD *se jette à ses pieds.*

J'adore cet excès de magnanimité.

SIR JOHN *revient.*

J'avois oublié..... (*Il recule d'étonnement.*)

MISS TITTUP.

Ah, ciel!

SIR JOHN.

Que vois-je! Lucrece & Milord, répétant ensemble des discours pour le bien public? — Je vous félicite sur cet excès de patriotisme.... Pardon : mon dessein n'étoit pas d'interrompre une si belle étude. — Excusez-moi, Milord.

MILORD *souriant.*

C'est plutôt moi, Sir John.

SIR JOHN.

Ho ! de tout mon cœur. Prenez garde, Milord, le diable y trouvera son compte en temps & lieu.

MISS TITTUP.

Faites-moi la grace de m'écouter. Milord, s'interressant vivement. . . . au bonheur de son ami. . . . . me pressoit de lui donner ma main...... & la joie.... il m'en remercioit.....

SIR JOHN.

Je vous entends ; mais dites-moi ma nièce, par où êtes-vous entrée ? apparamment par la cheminée.

MISS TITTUP.

Mais.... mais.... je n'ai pas le temps de vous répondre en ce moment, je n'ai que celui de m'habiller pour le bal.

(*Elle sort.*)

SIR JOHN.

Elle promet beaucoup....

MILORD.

Elle a de l'esprit....

SIR JOHN.

Je m'en apperçois. Je suis bien aise de vous dire Milord, en vous priant toutefois d'excuser ma franchise, qu'en épousant ma cousine pour la maltraiter, & engageant ma nièce de vivre chez vous pour la séduire.....

MILORD.

Séduire? Mais vous vous emportez, Sir John, quand vous serez calme, je vous répondrai. Je suis fâché de vous quitter, on m'attend au bal de Lady Filligrée, faites-moi le plaisir d'y venir. — Jasmin! vîte mon domino, & une chaise à porteur. —— Jasmin! ayez soin du cher oncle. — Mille pardons, Sir John. (*Il sort en fredonnant un air d'Opera.*)

SIR JOHN.

C'est la fin du monde. Quel ton! quelles mœurs! & voilà un des soutiens de l'état. Avec de tels fondemens, doit-on s'étonner si l'édifice s'écroule! (*il soupire.*) Pauvre cousine! quelle époux! quel ami! le ciel t'a donné. L'avertirai-je de ce que j'ai vu:..... j'envenimerai peut-être la plaie.... peut-être je la tuerai de douleur.... Son cœur est aussi vertueux que sensible. Hélas! je la plains. Allons la consoler: arrachons-la de ce gouffre d'abominations; conduisons-la à ma terre: la pêche, la chasse, la lecture, & mille autres amusemens innocens, la distrairont dans ce séjour paisible. Elle sera mon héritiere, & jouira, après mon décès, de la fortune que je destinois à Lucrece, comme la récompense de ses vertus. *(Il sort.)*

SCENE VIII.

L'appartement de LADY MINIKIN.

LADY MINIKIN & LE COLONEL, *jouent aux echecs.*

LADY MINIKIN.

EN vérité, Colonel, je ne puis accepter cette proposition; si ma cousine vient à savoir que vous m'accompagnez au sortir du bal, & qu'elle ne soit pas avec nous, vous risquez de rompre votre mariage.

LE COLONEL.

Ce mariage ne m'intéresse qu'autant qu'il me rapproche de vous.

LADY MINIKIN.

Je sais que vous n'en êtes pas vivement épris.

LE COLONEL, *en riant.*

Pas assez pour en perdre le repos; accordez-moi après le bal un quart-d'heure d'entretien, & je vous en dirai davantage.

LADY MINIKIN.

Mais.... je ne puis guères....

LE COLONEL.

Vous plairiez-vous à me désesperer ?

LADY MINIKIN.

Ce n'est pas mon dessein.

LE COLONEL.

Pourquoi donc me refuser cette légere satisfaction ?

LADY MINIKIN.

Je ne sais.... je crains qu'on ne me blâme.

LE COLONEL.

Il n'y a point d'inconvénient de recevoir l'ami de votre époux.

LADY MINIKIN.

J'en suis convaincue.... mais....

LE COLONEL.

C'est pour vous consulter sur mon hymen.... mais je m'apperçois que vous n'êtes pas autant mon amie que je m'en flatte.

LADY MINIKIN.

Jugez combien je suis bonne ; voici mon gand, quand je vous le demandrai, vous pourrez me suivre.

LE COLONEL *se jette à ses pieds & lui baise la main.*

Tant de bonté mérite qu'on vous en remercie à genoux....

SCENE IX.

Les précédens, SIR JOHN.

SIR JOHN.

PUIS-JE me flatter, cousine....

LADY MINIKIN.

Ah!....

SIR JOHN.

Miséricorde! Que veut dire ceci?

LE COLONEL.

On n'entre jamais dans l'appartement d'une Dame sans se faire annoncer. Voyez, Monsieur, l'état où vous avez mis Milady.

SIR JOHN.

Et voyez le mien, Monsieur.

LE COLONEL, *d'un ton menaçant.*

Une telle imprudence mériteroit....

SIR JOHN.

La mort. — Je n'en reviens pas: tous gens du même caractère, tous zèlés pour le bien public.

LADY MINIKIN, *bas au Colonel.*

Tâchons de le calmer.

LE COLONEL, *bas à Lady Minikin.*

J'attends vos ordres pour lui donner un défi.

SIR JOHN.

L'esprit malin a perverti toute la famille. Je pars bien vîte, de peur qu'il ne m'entraîne dans ses pièges. (*Il fait quelques pas.*)

LADY MINIKIN.

Arrêtez : de grace ne me jugez pas sur des apparences.

SIR JOHN.

Des apparences ! Je suis plus que convaincu.

LADY MINIKIN.

Vous avez tort, Sir John; au moment où vous êtes entré..... je promettois.... à Monsieur mes services auprès.... de votre nièce..... dans les transports de sa joie..... Il m'en..... ha, ha, ha, ha.....

LE COLONEL.

Ha, ha, ha,.... oui, oui, j'en remerciois Madame, &... ha, ha, ha, ha.

SIR JOHN.

Oui, oui; à genoux. Ha, ha, ha, ha. La plaisanterie est d'autant plus agréable, que toute la maison prend part aux transports de Monsieur. — Milord s'en réjouit avec Miss Lucrece, & moi je partage de tout mon cœur, celle de cette aimable famille.

LADY MINIKIN.

Ces soupçons injurieux ont droit de m'offenser,

Monsieur.... Le respect étouffe ma colère. .... mais il ne peut arrêter les larmes de l'innocence.

(Elle sort, en feignant de pleurer.)

LE COLONEL.

Je vous respecte comme son parent, mais vous méprise comme un vil calomniateur. *L'honneur* exige que vous me donniez une satisfaction authentique de ce propos. Vous me comprenez, j'espere ? Choisissez le jour, l'heure, la place & les armes ; refléchissez, Monsieur, & souvenez-vous sur-tout, que c'est un militaire qui vous parle. *(Il sort.)*

SIR JOHN.

A merveille ! à merveille ! ils sont coupables de tout, & quand on les démasque, nul répentir, nulle humilité ; leurs cœurs sont endurcis dans le vice. — Les femmes ont recours au mensonge & aux larmes ; les hommes aux menaces : pour éviter la dissimulation des unes, & la brutalité des autres, je vais tout ordonner pour hâter mon départ. O mœurs ! ô mœurs !

Fin du premier Acte.

ACTE II.

SCENE PREMIERE.

SIR JOHN, JASMIN.

SIR JOHN.

ON n'y tient pas ! Bon Dieu, dans quel monde vivons-nous? Je vous le répete, M. Jasmin, il y a des voleurs qui rodent autour d'ici. En traversant la rue pour aller chez le Libraire acheter des pamphlets sur les affaires du temps, un filou m'a volé mon couteau de chasse, tandis qu'un autre a eu l'audace de mettre la main sur le cordon de ma montre; mais il a été bien sot, car j'étois prévenu de leur adresse, & pour m'en garantir, j'ai cousu ma montre dans mon gousset.

JASMIN.

Patience, Sir John; si vous sortez le soir sans un bon *convoi*, vous serez attaqué par toutes sortes de pirates. Ha, ha, ha.

SIR JOHN.

Ce propos ne me rassure point du tout. — Je tremble quand je songe qu'on pouvoit se servir de mes armes pour m'assassiner. Ho ? je ne dormirai pas cette nuit. Faites-moi le plaisir de me prêter quelque arme; si les coquins m'attaquent jusques dans les rues, ils ne me respecteront pas plus la nuit.

JASMIN.

Croyez-moi, il n'y a point de danger : cependant si vous voulez, je vous prêterai mon épée.

SIR JOHN.

Vous en avez besoin.

JASMIN.

Point du tout; je suis tellement habitué à entendre la nuit crier au meurtre & aux voleurs, que cela ne m'inquiete pas plus que le mouvement de ma montre, attachée au chevet de mon lit.

SIR JOHN.

Quoique vous en disiez, je veux être sur mes gardes. Quelle ville! voilà le fruit de la corruption des mœurs. Les nobles jouent, & le peuple vole. Faut-il s'étonner ensuite qu'il y ait des meurtres? Cela est affreux! épouvantable! pourvu qu'il ne m'arrive aucun malencontre cette nuit, je quitterai dès demain matin ce repaire de voleurs. — A quelle heure vos maîtres retourneront-ils de cette masquerade, ou de cette diablerie?

JASMIN.

Suivant qu'ils s'y amuseront. S'il y manque de la gaieté, le bal finira de bonne heure; je le quitte ordinairement à quatre ou cinq heures.

SIR JOHN.

Comment ! vous vous avisez d'aller dans de pareils endroits ?

JASMIN.

J'y manque rarement. Personne ne possède mieux que moi le jargon du masque ; on y admire singulièrement mon talent.

SIR JOHN, *à part.*

Vous êtes *singulièrement* faquin.

JASMIN.

Il y a trois ans qu'il m'y arriva une aventure assez plaisante. J'étois ce jour-là fort gai ; le vin de champagne me donnoit encore plus d'esprit qu'à l'ordinaire.

SIR JOHN, *à part.*

Le fat !

JASMIN.

Je m'y surpassai en bons mots, épigrammes, &c. Après avoir beaucoup causé & varié mes plaisirs, il me prit fantaisie de danser un menuet. Devinez, Sir John, à qui je m'adressai? Ha, ha, ha, ha; je vous prie, devinez ?

SIR JOHN, *à demi-bas.*

Le menuet!

JASMIN.

A Milady; elle danse bien, je ne m'en acquitte pas mal, toute l'assemblée nous remarqua. Le menuet fini, je lui tins des propos galants, suivant l'usage....

SIR JOHN.

A votre maîtresse? (*à part.*) Nous retombons dans le *chaos.*

JASMIN, *en riant.*

Oui, Monsieur, à ma maîtresse, en faisant ce mouvement de la main.... (*Il gesticule avec affectation.*) Ne voilà-t-il pas qu'elle me reconnoît, & me dit à l'oreille mon nom, j'espérois la dissuader, mais cela ne prit pas. Elle me dit, « *Monsieur*, à l'a-
» venir portez des gands, il vaut autant montrer
» votre visage, que cette main & cette bague.

SIR JOHM, *à part.*.

Que d'iniquités! (*haut.*) Je pense, M. Jasmin, que parmi vos talens, vous possédez aussi celui du jeu?

JASMIN.

Je me suis restraint au *whist.* J'aurois mieux fait de n'avoir jamais touché de cornet, les dés me maltraitent.

SIR JOHN, *à part.*

Je n'y tiens plus. (*haut.*) Prêtez-moi, je vous prie, votre épée, il est temps que je me retire. Excusez-moi auprès de vos maîtres & de ma nièce, dites leur que si je les quitte sans cérémonie, c'est que mes affaires, & plusieurs autres raisons m'y obligent. Ajoutez aussi que je les *respecte infiniment*, &... &.... & que j'espere ne jamais les revoir.

JASMIN.

Vous serez obéi. (*à part, en sortant.*) Ces gentilshommes campagnards sont des sots animaux.

SIR JOHN.

Si je restois un jour de plus, j'aurois la fievre. Ah! je voudrois qu'il fût jour. Voilà ce qu'on gagne à visiter ses parens.

SCENE II.

SIR JOHN, DAVY, *ivre.*

SIR JOHN.

AH! te voilà malheureux! d'où viens-tu? Qu'as-tu fait?

DAVY.

Je me suis diverti, Sir John. — Ma foi, vive Londres.

SIR JOHN.

Ne t'avois-je pas ordonné de revenir d'abord après le spectacle, & ne t'ai-je pas défendu de t'amuser avec des libertins.

DAVY.

Les domestiques de Londres ne font que ce qui leur plaît.

SIR JOHN.

Tu n'es qu'un vaurien.... Quoi ! tu as tes cheveux liés ?

DAVY.

Eh ! comment plaire aux femmes sans cela. (*Il lui montre son cadogan.*)—Ho ! je sais ce que je fais : les gens de Milord m'ont dit que vous n'étiez qu'une *antiquaille*, que vous ne connoissiez pas la mode : ils m'ont appris de quoi il retourne.

SIR JOHN.

Ils l'ont abîmé, il est perdu ; il pervertira tout le village. Va me préparer ma malle, coquin, & suis-moi sur le champ.

DAVY.

Je le veux bien, car j'ai besoin d'un peu de repos.

SIR JOHN.

Comment, maraud, il paroît que tu es ivre.

DAVY.

Ce n'est seulement qu'une petite pointe, Monsieur.

SIR JOHN.

Je paries que tu as été en mauvaise compagnie.

DAVY.

Quant à ça, Monsieur se trompe : je ne fus de ma vie en meilleure.

SIR JOHN.

Malheureux ! tu ne me comprends pas. Dis-moi, vilain ivrogne....

DAVY.

Ho, si je suis un ivrogne, j'ai nécessairement bu : si vous en aviez fait autant, vous ne seriez pas en colère contre vos gens. — Vous ne concevez pas, Monsieur, combien le vin donne de la bonne humeur.

SIR JOHN.

Ceci met le comble à mon malheur. Le coquin remportera plus de vice qu'il m'en faut, pour corrompre toute une province.

DAVY.

J'en ferai une bonne provision, comptez là-dessus.

SIR JOHN.

Retire-toi, & tâche de perdre, en dorm[illegible]

débauches qui t'ont souillé depuis quinze jours; sinon, je te laisserai à Londres, tu pourras y grossir le train de Milord.

DAVY.

Tant mieux; donnez-moi moins d'emploi, plus de gages, & la clef de la cave, & je resterai, sinon vous pouvez vous pourvoir ailleurs. (*Il fait quelques pas en chancelant.*)

SIR JOHN.

Ne voilà-t-il pas un vrai reprouvé. — Ah! je suis bien malheureux. — Ecoute, misérable? -- Vas te coucher. — Que le sommeil efface tes iniquités. — Tu feras ensuite mes paquets: obéis, ou je t'envoye à *Newgate* (1), & te ferai *transporter* pour la vie (2). (*Il sort.*)

DAVY.

DAVY, *claquant ses doigts.*

Tiens; voilà pour ta morale. — Ho, je connois trop bien les loix de mon pays, pour avoir peur d'une

---

(1) Prison où l'on met les personnes accusées de crime.

(2) Les coupables qui ne méritoient pas la derniere punition, étoient envoyés en Amérique, où ils défrichoient les terres pendant le temps ordonné par la loi; cette ressource manquant pendant la guerre, on leur fit nettoyer la Tamise; le peuple murmura d'abord contre un expédient qui parut opposé à la liberté. L'image de l'oppression le révoltoit.

mouche.

mouche. — Je voudrois cependant passer ma vie à Londres, c'est ici qu'est le bonheur ; un domestique y nage dans l'abondance. Outre ses gages, il a son argent à dépenser ; & quel ouvrage fait-il ? Rien. Il s'engraisse & fait l'impertinent ; il est aussi heureux que son maître ; il joue aux cartes du matin au soir, jure comme un Lord, boit comme un poisson, & fait la cour aux filles avec autant d'audace, qu'un membre du Parlement. — Ho ! c'est une belle maniere de passer son temps. — Allons ! je vais me coucher. (*Il sort en chancelant.*)

SCENE III.

LORD MINIKIN, MISS TITTUP *masqué*, JASMIN *les éclaire.*

LORD MINIKIN.

METS les bougies sur la table, & avertis-moi, quand Milady rentrera. — Sois exact.

JASMIN.

Milord, j'espere, n'a jamais eu à se plaindre de mon exactitude. (*à part.*) Qui avons-nous ici aujourd'hui ? Je saurai cela.

(*Il sort.*)

D [*]

MISS TITTUP *ôte son masque.*

Je suis singulièrement effrayée. — Il valoit mieux rester au bal. — J'ai vu de la lumière dans la chambre de mon oncle, l'aventure de ce matin lui donne des insomnies. — Croyez-moi, différons nos entretiens jusqu'après son départ; malgré la pureté de nos intentions, il ne me pardonneroit jamais cette démarche. Adieu....

MILORD *l'arrête.*

Mais écoutez un instant.

MISS TITTUP.

Non, non, cet air de mystère pourroit nuire à....

MILORD.

A l'amitié....

MISS TITTUP.

A ma réputation.

SCENE IV.

Les précédens, JASMIN.

JASMIN.

MILORD! Milord!

MILORD.

Que me veut-tu?

JASMIN.

Voici Milady.

MISS TITTUP.

Il ne faut pas absolument qu'elle me voie ici; je vais bien vîte passer dans mon appartement.

MILORD.

Il est trop tard, je l'entend sur l'escalier.

JASMIN.

Miss peut entrer dans ce cabinet.

MISS TITTUP, *à Jasmin.*

Quand elle sera chez elle, tu m'avertiras.

(*Elle entre dans le cabinet.*)

MILORD.

Ferme la porte à la clef. — Suis-moi dans ma chambre, & marche sans faire de bruit.

(*Ils sortent sur la pointe des pieds.*)

JASMIN.

Si l'on entend seulement craquer le parquet, je consens que Milord m'exclue de ses bienfaits.

SCENE V.

LADY MINIKIN, LE COLONEL TIVY *masqués*, GYMP *les éclaire.*

GYMP.

N'AVANCEZ pas plus loin avec M. le Colonel. Je suis convaincue de la pureté de vos intentions, Madame; mais Milord n'en jugera peut-être pas de même. Il est rentré, s'il voit à cette heure de la nuit, Monsieur chez lui, il y aura du sang répandu.

LE COLONEL.

Tu te trompes, ma chere Gymp; je l'ai vu & lui ai parlé au bal.

GYMP.

Je gagerois moi qu'il est ici.

LADY MINIKIN.

Il est trop bien occupé, pour songer à revenir chez lui. Ne t'effraye pas, mon enfant.... il n'y a nul mystère. Tu sais que Monsieur épouse ma cousine.... Je me suis chargée d'arranger quelques articles.... relatifs à cet hymen.

GYMP.

Rien de plus naturel, Milady, que de s'occuper du bonheur de ses parens.... mais croyez-moi, il y aura du sang répandu.

LE COLONEL.

Elle est folle. A propos, elle me fait souvenir que je n'ai pas d'épée.

GYMP.

Mais Milord en a une; ne peut-il pas arriver que vous vous tuiez avec celle-là.

LE COLONEL.

Je vous répete qu'il n'est pas rentré.

GYMP.

Il est monté par le petit escalier dans son appartement, M. Jasmin l'y accompagnoit, & qui plus est, ils causoient ensemble.

LADY MINIKIN.

Cela me paroît positif; pour en être plus certain, va t'en informer avec Whisp ou Mignon.

GYMP.

Ah! Milady! ils sont ordinairement ivres & endormis avant cette heure-ci.

LADY MINIKIN.

Je crois, en vérité, qu'elle m'a communiqué ses craintes. — Il me semble que j'entends du bruit sur l'escalier. — Ecoutons!

GYMP.

Je suis sûre qu'il arrivera quelque malheur.

LE COLONEL.

Si Mistriss Gymp veut m'accompagner, je tâcherai de me glisser, *incognito*, par l'escalier dérobé.

(*Il fait quelques pas.*)

GYMP.

Ah, Monsieur! cette retraite nous manque : j'entends du monde de ce côté.

LE COLONEL.

Me voici morbleu, entre deux feux.

LADY MINIKIN.

Il n'y a qu'un moyen de vous en tirer. Cachez-vous dans ce cabinet.

LE COLONEL *court vers le cabinet.*

Il est fermé.

LADY MINIKIN.

Hâtez-vous, Gymp, on vient : mettez-le derriere l'écran de la cheminée.

LE COLONEL, *en s'y cachant.*

Je ne puis éviter l'ennemi, dès qu'il aura quitté le champ de bataille, vous m'avertirez.

LADY MINIKIN.

Comptez sur nous. (*à Gymp.*) Retires toi par le petit escalier, & laissez-moi le soin de recevoir Milord; il apprendra que je le surpasse en dissimulation. (*Elle s'assied.*

SCENE VI.

LADY MINIKIN, LORD MINIKIN.

LORD MINIKIN.

DÉJA de retour du bal! cela m'étonne, Madame.

MILADY.

Après le plaisir que vous paroissiez prendre dans cet intéressant tête-à-tête, je dois m'étonner plus que vous, en vous voyant ici. Comment la Dame au domino cramoisi a-t-elle pu consentir à vous voir partir? — Un pareil spectacle, Milord, me fera toujours renoncer à tous mes amusemens favoris.

MILORD, *en souriant.*

Je suis bien aise, Madame, de vous convaincre que cette Dame dont j'ignore le nom, n'a pu m'arréter dès que vous étiez partie.

MILADY.

Ce sourire malin, en condamnant ma foiblesse, annonce peut-être la supériorité de votre esprit, mais ne fait pas l'éloge de votre cœur. Ce sourire est plus insultant que votre méprisab'e feinte.

(*Elle fait semblant de pleurer.*)

MILORD.

Si vous avez le dessein de jouer la Tragédie, je vous seconderai. (*Il tire son mouchoir.*)

MILADY.

Ne vaut-il pas mieux, Milord, que chacun de nous se retire dans son appartement. Votre brutalité & ma tendresse pour vous, nous exposent aux propos de nos gens. — Où est ma cousine?

MILORD.

Je l'ai confiée aux soins du Colonel. Le bal amuse ceux qui sont au moment d'être unis, & devient insipide aux gens mariés, sur-tout lorsqu'ils préferent, comme moi, la compagnie de leur femme.

MILADY, *à part.*

Quelle fausseté! il aime autant la compagnie de son chien.

MILORD, *à part.*

Elle me donne des vapeurs. Pour m'en débarrasser, proposons-lui de rester avec elle. (*haut.*) Je ne me porte pas bien, & crois avoir un petit ressentiment de fievre. Je voudrois avoir du feu....

MILADY.

Où?

MILORD.

Ici. Nous aurons un petit tête-à-tête pour le plaisir de la nouveauté. (*il sonne.*) Jasmin, débarrassez la cheminée, & allumez-y du feu.

MILADY, *à part.*

Je suis perdue! (*haut.*) Je vais me coucher; Milord n'a pas sans doute le dessein de rester seul ici.

(*Jasmin sort.*)

MILORD.

Quelle cruauté! vous voulez donc me priver du plaisir de causer avec vous. (*à part.*) Je l'ai échappé belle!

MILADY.

Je suis trop de vos amies, pour vous exposer à tant d'ennui. Adieu Milord, je vais passer dans mon appartement.

MILORD.

Puisque vous l'exigez, il faut se soumettre à vos volontés, & semblable à l'avare, vous me forcez de périr auprès de mon trésor. (*Il prend un flambeau, tandis qu'elle prend l'autre. Elle le salue.*) Je souhaite à Madame une bonne nuit; me permettra-t-elle....

MALADY.

Vous êtes trop obligeant. (*à part.*) Qu'il est maussade!

MILORD, *à part.*

Elle me paroît chaque jour plus désagréable.

(*Ils s'embrassent & s'essuient le visage, en se retirant cérémonieusement chacun d'un côté opposé.*

SCENE VII.

MISS TITTUP, LE COLONEL.

MISS TITTUP *pousse la tête hors la porte du cabinet.*

TOUT est tranquille ; je voudrois que Milord me délivrât de ma prison. Qu'ont-ils fait ici ? — J'entends du bruit. (*Elle ferme la porte.*)

LE COLONEL *pousse la tête au dessus de l'écran.*

Il est surprenant que Lady Minikin me laisse si long-temps ici. — Si Miss Tittup sait cette aventure, adieu à sa fortune, & la plaisanterie n'en vaut pas la peine.

MISS TITTUP *sortant du cabinet.*

Que diroit mon Colonel, s'il voyoit sa future dans ce bel embarras ?

SCENE VIII.

Les précédens, MILORD & LADY MINIKIN, *entrant chacun sans lumière par une porte opposée.*

MILORD.

DÉLIVRONS ma prisonniere.

MILADY.

Donnons au Colonel sa liberté; il souffre autant que dans une ville assiégée.

(Elle avance vers la cheminée.)

MILORD.

Où êtes-vous?

MISS TITTUP & LE COLONEL.

Ici, ici.

MILADY.

Parlez plus bas. *(Ils cherchent, Milord prend la main de sa femme, le Colonel celle de Miss Tittup.*

SCENE IX.

Les précédens, SIR JOHN, JASMIN.

SIR JOHN, *dans les coulisses.*

VITE des lumières, ma carabine, mon sabre; il y a des voleurs.

JASMIN, *en avançant sur la scène.*

Vous rêvez, Monsieur, il n'y a que les gens de la maison,

SIR JOHN, *en robe de chambre, bonnet de nuit, un sabre à la main.*

Donnez des lumières, je vous promets qu'ils ne m'échapperont pas. Ils sont ici. — Si vous bougez, vous êtes mort. (*Ils se retirent.*) Comment donc! ils ont emmené leurs femmes. (*On apporte des lumières, & tout le monde paroît être fort étonné* Et mais.... quoi?.... que signifie ceci? la même partie de tantôt. Il n'en est pas dans Londres qui s'entendent si bien.

MILORD.

Que vois-je! Par quel hasard nous trouvons-nous ici?

SIR JOHN.

L'obscurité a pu produire des grandes erreurs! Je suis bien aise que la lumière rectifie toutes choses. Vous m'excusez, Messieurs & Dames?

SCENE X.

Les précédens; GYMP, *une bougie à la main.*

GYMP.

MISÉRICORDE! Qu'est-il arrivé?

SIR JOHN.

Rien de nouveau, Mistriss Gymp, mais je surpasse en finesse, mes aimables cousines.

MILORD.

Votre propos m'étonne, Sir John: rien de plus simple que de nous voir rassemblés chez moi; il ne me paroît pas qu'il y ait matière à faire tant de bruit, & à réveiller toute ma maison pour si peu de chose.

SIR JOHN.

Pour si peu de chose, Milord? Je vais expliquer le mystère que vous cherchez en vain à vous cacher. Quoique vous n'ayez pas mérité que je sois franc avec vous, M. le Colonel, je veux bien cependant vous tirer d'erreur: vous vous imaginez que ma nièce a une fortune indépendante de la mienne; vous vous trompez, Monsieur; je vous avertis que si elle vous épouse, elle n'aura pas un sol de mon bien.

LE COLONEL.

La franchise est une vertu trop estimable pour ne pas l'imiter; & pour vous prouver combien j'en fais cas, je vous tire ma révérence, Mesdames! — Je suis votre très-humble serviteur. — J'espere, Milord, vous voir demain au *Club*. (*Il sort.*)

MILORD.

Sans doute.

SIR JOHN.

Vous aurez demain d'autres affaires, Milord.

MILORD.

Lesquelles?

SIR JOHN.

Vous serez forcé de voir vos Avocats & vos Créanciers, & vous vous entendrez dire alors ce que vous n'avez jamais voulu écouter; « que la dissipa» tion & la dépravation des mœurs sont suivies d'un » long répentir ». Vous avez eu le goût des voyages, vous pourrez vous y livrer en liberté, mais vous n'aurez pas celle de satisfaire vos autres fantaisies (1).

MILORD, *à part.*

Il est furieusement mordant.

SIR JOHN.

Cette espèce de quarantaine propre à guérir les maladies pestilentielles qui attaquent les mœurs, vous sera d'un grand secours: elle mortifiera vos sens, & corrigera ce défaut que vous avez emprunté des autres nations. Allez-y étudier à présent leurs vertus, & lorsque vous serez bien rétabli, revenez jouir des avantages que vous accorde votre patrie. Lisez ce papier, Milord, & apprenez-y votre sort

MILORD, *après avoir lu.*

Quelle abomination! Il est affreux qu'un homme de mon rang soit forcé de se soumettre aux loix.

(1) Les Créanciers accordent ordinairement en Angleterre aux Débiteurs forcés d'arranger leurs affaires, une pension alimentaire, jusqu'à ce qu'ils soient payés: c'est le moment où bien des familles angloises voyagent.

SIR JOHN.

Au lieu de s'en plaindre, remercions la providence pour un si grand bienfait. — Hé bien, Mesdames? vous gardez le silence : si le répentir vous rend muettes, il vous reste quelqu'espoir de réforme. — Vous avez l'air un peu embarrassées. — La campagne, dans votre situation, est d'une grande ressource. — Vous savez que ma maison & moi, nous sommes à vos ordres. — Qu'en pense Milady?

MILADY.

Les apparences sont contre moi; mais en vérité, Sir John, mon cœur s'est toujours garanti de la corruption. A l'avenir vos vertus me serviront de guides, & me corrigeront de ces défauts dont je rougis en ce moment.

SIR JOHN.

Permettez-vous, Milord, que j'emmène pendant quelque temps votre femme?

MILORD.

De tout mon cœur, vous m'obligerez beaucoup, si vous voulez la garder toute la vie.

MILADY, *à part.*

Il est aimable!

SIR JOHN.

Et vous Miss, vous sentez-vous disposée à nous suivre?

MISS TITTUP, *en faisant la révérence.*

Je suis furieusement coupable, mon cher oncle.

SIR JOHN.

De quoi?

MISS TITTUP.

D'avoir consenti à me marier sans votre aveu, & d'avoir fait la coquette avec celui que l'honneur, les devoirs, l'amitié, la morale, & tout ce qui est sacré, excepté la mode, me défendoient d'écouter.

SIR JOHN *donne le bras aux Dames.*

Je vous pardonne; à l'exemple d'un Chevalier *Errant*, j'enlève à ces *monstres* qu'on nomme la *Mode* & le *Bon Ton*, leurs malheureuses victimes, & je ne doute pas que tout bon Anglois n'applaudisse à une entreprise aussi périlleuse. Partons! (*au parterre*) « J'espere, Messieurs, que vous m'excusez ».

FIN.

www.ingramcontent.com/pod-product-compliance
Ingram Content Group UK Ltd.
Pitfield, Milton Keynes, MK11 3LW, UK
UKHW022131260726
13993UKWH00003B/1376